LINO DE ALBERGARIA
Ilustrações
ROGÉRIO COELHO

O Menino e o mar

• Selecionado para o PNLD-SP/2006.

1ª edição

Todos os direitos reservados à
SARAIVA Educação S.A.

Avenida das Nações Unidas, 7221
Pinheiros – CEP 05425-902
São Paulo – SP
Tel.: (0xx11) 4003-3061
www.coletivoleitor.com.br
atendimento@aticascipione.com.br

Copyright © Lino de Albergaria, 2004

Editor: ROGÉRIO CARLOS GASTALDO DE OLIVEIRA
Assistente editorial e
preparação de texto: KANDY SGARBI SARAIVA
Secretária editorial: ANDRÉIA PEREIRA
Suplemento de trabalho: ROSANE PAMPLONA
Coordenação de revisão: PEDRO CUNHA JR. E
LILIAN SEMENICHIN
Gerência de arte: NAIR DE MEDEIROS BARBOSA
Supervisão de arte: ANTONIO ROBERTO BRESSAN
Capa: ALEXANDRE RAMPAZZO
Ilustrações: ROGÉRIO COELHO
Diagramação: EDSEL MOREIRA GUIMARÃES

Dados Internacionais de Catalogação na Publicação (CIP)
(Câmara Brasileira do Livro, SP, Brasil)

Albergaria, Lino de
 O menino e o mar / Lino de Albergaria ; ilustrações de Rogério Coelho. — São Paulo : Saraiva, 2005. — (Coleção Jabuti)

 ISBN 978-85-02-04965-9

 1. Literatura infantojuvenil I. Coelho, Rogério. II. Título. III. Série.

04-8626   CDD-028.5

Índices para catálogo sistemático:

1. Literatura infantil 028.5
2. Literatura infantojuvenil 028.5

11ª tiragem, 2019

Impressão e Acabamento:Gráfica Bueno Teixeira

CL: 810177
CAE: 603320

Para Renato e Denise, os primeiros leitores deste livro.

1

Edmílson olhou para o céu. Cada vez mais nublado. Logo no primeiro dia em que ia trabalhar. O Borracha tinha alugado a bandeja e a lata com as brasas para ele acertar depois. Os espetinhos com queijo teve de pagar na hora. A mãe tinha emprestado o dinheiro, mas ia querer de volta. Precisava para comprar açúcar. Ele ia ter de vender o suficiente para recuperar o dinheiro do açúcar. Mas, se chovesse, não ia ter ninguém na praia. E Edmílson não ia conseguir freguês nenhum para seus espetinhos.

Mesmo assim ele foi. Tinha de ir. Torcendo para não chover. E para que ninguém implicasse com um menino de dez anos trabalhando. Edmílson tinha ouvido falar que era proibido, que lugar de criança era na escola. Mas a praia era cheia de meninos trabalhando. Ou simplesmente pedindo dinheiro aos turistas.

Os turistas, pelo visto, não se preocupavam tanto com a chuva ou com as nuvens. Só eles tinham vindo, apesar de poucos. Sorte de Edmílson. Os outros vendedores não tinham aparecido. Mais uma razão para que a chuva fosse mesmo certa. Só os forasteiros se iludiam com o tempo. E o menino se iludia com a vontade de vender todos os seus espetos.

— O que é isso? — perguntou uma mulher, quando ele se aproximou.

— É queijo de coalho — ele explicou. — Se quiser, posso pôr orégano.

5

A mulher fez uma careta. Não conhecia e não gostou da cara do queijo.

Ele ainda não estava à vontade para apregoar sua mercadoria. Rondava timidamente os banhistas.

Enfim alguém chamou:

— Quanto é? — perguntou o sujeito barrigudo.

— Um real.

— Faz dois por um e cinquenta?

— Faço não.

— Ora, menino. Peço dois e não me dá desconto?

— Não dá não, moço.

— Pois então só quero um.

Edmílson controlou a mão para não tremer. A pior coisa que podia acontecer era o queijo cair dentro da vasilha das brasas.

6

O primeiro espetinho de sua vida não ficou muito bom. Derreteu mais por um lado. E queimou um pouquinho na ponta.

— Eu devia era pagar só a metade por essa coisa desmilinguida! — o homem reclamou, mas acabou entregando a nota de um real.

A mulher que antes não quis comprar ficara olhando de longe. Então, chamou Edmílson:

— Vem cá, menino. Vou experimentar isso. Parece que não tem mais nada para comer nessa praia.

Edmílson olhou para o céu. Rezou para que as nuvens esperassem. Que não desabassem logo nem se dissolvessem. Assim nem apareciam outros vendedores nem os turistas iam embora.

O primeiro dia foi até melhor do que Edmílson podia esperar. Só mesmo a chuva, caindo assim, de repente, encharcando seu corpo e os últimos pedaços de queijo, veio atrapalhar seus negócios. Os bolsos da bermuda desbotada vieram cheios de notas. Dinheiro que foi parar nas mãos de dona Eulina, que passou a esticar as notas úmidas na beirada do fogão. Enquanto mandava o filho se secar, separou o dinheiro em três partes. Uma era para o empréstimo que ela fez para ele, a outra era para pagar o queijo do dia seguinte. Por um momento, o menino pensou que fosse ficar com a outra parte. Mas a mãe esclareceu:

— É para o aluguel da bandeja.

O menino, então, pensou que ia continuar devendo a lata com as brasas. E se o Borracha não gostasse de ele ter dado a parte maior do dinheiro para dona Eulina?

Mas ele não ia pensar numa coisa dessas naquela hora. Estava cansado, só queria ver televisão. Aproveitar que nem o pai nem o irmão estavam em casa ainda e se deitar no sofá, no lugar que nunca sobrava para ele.

Mal se esparramou e se concentrou no desenho animado, dona Eulina se projetou na sua frente, tampando a tela. Em seguida, a televisão ficava muda.

— Nada disso! — era a voz da mãe, substituindo a voz do gato do desenho, que tinha acabado de agarrar o passarinho.

8

— Mas, mãe...

Não adiantou o protesto. Dona Eulina nem queria saber se ele tinha caminhado toda a extensão da praia, se os braços doíam de ter carregado o tempo inteiro aquela tralha, a bandeja, a lata com o carvão. Até tinha se esquecido do dinheiro do açúcar que ele havia conseguido de volta.

— Primeiro, seu moço, a luz tá é cara.
— Só até acabar o desenho, mãe.
— Segundo, seu moço, e o estudo?

Dona Eulina foi pegar pessoalmente o material da escola. Puxou Edmílson pelo ombro.

— Anda, desafasta daí e vai estudar!

Os olhos dele custaram a se fixar na página aberta à sua frente. As linhas iam se embaralhando cada vez mais. Edmílson se perguntou por que não tinha sentido tanto sono na frente da televisão. Ah, é que ele estava torcendo para o passarinho escapar do gato no desenho. No seu livro havia figuras, mas nenhuma se mexia ou falava. Ou, se falavam, falavam por escrito. Por aquelas linhas que agora dançavam diante de seus olhos cansados.

Engraçado, parecia que chovia dentro de casa. Parecia que o mar tinha entrado dentro de casa e lambia os pés descalços do menino. Cuidado, ele não podia deixar as brasas caírem na água. O orégano também

9

não podia molhar. Essa chuva, por que não esperava mais? Todo mundo ia embora. Ele ficando sozinho na praia. O dinheiro molhado dentro do bolso.

Mas o pai tinha aparecido na praia. E dona Eulina também. O que será que estavam fazendo ali? Onde se escondiam? Aquelas vozes ele conhecia tão bem! Estavam discutindo. Seu Edivaldo brigava com dona Eulina?

A voz da mãe era triste, repetindo o nome de Edivan. Foi aí que Edmílson se deu conta do cochilo. Levantou de uma vez o rosto de cima do livro. O pai e a mãe conversavam era na sala. Falavam algo do irmão. A mãe estava mesmo triste, o pai, bravo.

— O que foi? — ele não se conteve e deixou o quarto.

— Volta pro estudo, menino! — a mãe falou, sinalizando com a mão para ele voltar para o quarto.

— Não, vem aqui — chamou o pai.

Edmílson foi para perto de seu Edivaldo. O pai olhou para ele por um longo momento. Então, pôs aquela mão pesada em cima do ombro do filho e falou. Parecia pensar nas palavras que ia dizer.

— Seu irmão... Teve de viajar...
— Ué? E nem se despediu de mim?
— Foi pra São Paulo. Queria fazer uma surpresa.

Dona Eulina deixou os dois sozinhos. O menino imaginou que ela tinha ido chorar na cozinha. Não gostava de ser vista chorando.

Seu Edivaldo puxou Edmílson até o sofá. Sentaram juntos. A mão do pai parecia menos pesada no ombro do menino.

— O que o Edivan foi fazer lá?

—Ah... Trabalhar... Você sabe, aqui tá difícil pra ele...
Edmílson pensou que o irmão podia vender queijo igual a ele. Mas por que não teve essa ideia antes? Agora era muito tarde.

— Quando que ele volta?
— Ah, ele não vai demorar. Vai só juntar dinheiro e depois volta pra casa.
— É muito longe?
— Acho que é, mas não tão longe assim.

Edmílson estava gostando de ficar ali no sofá, ao lado do pai. Pensou que aquele lugar ia sobrar muito mais vezes pra ele. Mas também era tão estranha a ausência do Edivan! Ele entendia a tristeza de dona Eulina. Puxa, já estava com saudades do irmão.

No caminho para a escola nem se lembrou de contar para Toinho e Ronivaldo que agora ele estava trabalhando. Os colegas só queriam saber da viagem de Edivan. Mas Edmílson não podia contar grande coisa. O irmão já devia estar em São Paulo, era tudo o que sabia.

— Vai ganhar muito dinheiro — ele falou. Um pouco para que não perguntassem os detalhes que não conhecia. E também porque sua imaginação começava a trabalhar.

Imaginou Edivan com uma roupa de marinheiro. Roupa de marinheiro deixava as pessoas muito

11

importantes, ele achava. Então, Edivan tinha ido para São Paulo se tornar um marinheiro. Edmílson pensava que existia mar, praia e navio por todos os lugares. O irmão tinha virado marinheiro e foi embarcar em São Paulo. Era isso.

Toinho e Ronivaldo, cada um a seu jeito, imaginaram Edivan embarcando num navio enorme no porto de São Paulo. O navio enorme e o porto eram por conta de Edmílson. O apito do navio também. Pois o irmão do "marinheiro" imitava o som do apito, para deleite dos companheiros.

Na hora do recreio, de tão impressionados, os colegas trataram de espalhar a novidade. Só que Inezília, tão metida a saber tudo, começou a rir do Toinho.

— Mas você é bobo, heim? São Paulo não tem praia, quanto mais navio!

— Claro que tem! — Ronivaldo não queria acreditar na Inezília.

— Tem, não tem? — Toinho olhou para Edmílson.

— Tem, tem sim! Por isso meu irmão foi lá pra Marinha. E vai voltar como comandante, vocês vão ver! — Edmílson se exaltou. Nunca tinham duvidado dele, pelo menos daquele modo.

Quando voltaram para a sala, Inezília buscou o aval da professora. Dona Givalda pediu silêncio, pois a sala inteira discutia, a maioria do lado de Edmílson. Pois Inezília nunca fazia questão de ser simpática com quem achasse que fosse menos inteligente.

— Silêncio! — a mestra repetiu.

De repente, algo dentro de Edmílson fez com que sentisse medo. Será que São Paulo não tinha mar? A

Inezília sempre foi uma danada, por que logo dessa vez ia se enganar?

— A cidade de São Paulo não tem mar — dona Givalda sentenciou.

Edmílson experimentou uma quentura subindo pelo corpo e começando a arder em seu rosto.

— Mas o estado de São Paulo tem litoral. E, portanto, tem praia. O porto principal de São Paulo é Santos. Com certeza o irmão de Edmílson foi para Santos, no estado de São Paulo, e não para a cidade de São Paulo — decidiu a professora, tentando liquidar logo a disputa.

Aplausos por todos os lados. Os colegas só faltaram carregar Edmílson no colo. Mais de um fez careta para Inezília. Ela sacudia os ombros, dizendo:

— Ê gente besta! Ele não falou Santos, falou São Paulo.

— *Estado* de São Paulo! — Ronivaldo ainda defendeu o amigo. — Só pode ter sido estado de São Paulo! Ele não falou *cidade* de São Paulo, falou?

O próprio Edmílson encerrou o assunto:

— Falei não!

Mas bem que suas bochechas estavam ardendo naquele momento.

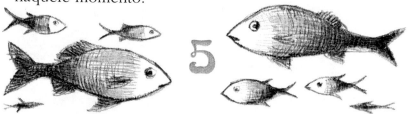

Felizmente deu uma tarde de sol. A praia encheu muito mais que na véspera. Só que Edmílson

13

não era mais o único ambulante. Outros vendiam picolé, coco, cocada. Fora os marmanjos que preparavam um espetinho de queijo com muito mais habilidade do que o novato.

Mas, ao final, sobrou freguês para Edmílson. E o Borracha ainda estava de bom humor quando ele foi lhe prestar contas. O menino acertou o aluguel da bandeja do outro dia e pagou pelos queijos e pelas varinhas de bambu que serviam de espeto. No entanto, continuou devendo o aluguel da bandeja do segundo dia e, mais uma vez, também o carvão.

— Amanhã a gente acerta — disse o Borracha com uma voz condescendente.

Edmílson é que não gostou muito. Andava a Praia da Ponta inteira, via os outros meninos jogando futebol na areia sem poder participar, não dava nem um mergulhozinho. E, o principal, conseguia vender quase tudo. Só que continuava devendo ao Borracha. Quando ia poder comprar uma bermuda nova? E a mochila, então? A mochila estampada com aquele passarinho do seu desenho favorito e que ele tinha visto numa banca na feira. Era só uma. Com certeza ia ser vendida antes que ele juntasse o dinheiro para comprá-la.

Nesse momento bateu uma saudade do irmão. E a vontade de ser como ele. Como devia ser bom viver viajando. Edmílson se imaginou desembarcando em São Paulo depois de uma viagem de ônibus. Era tão legal viajar de ônibus, principalmente se conseguisse o lugar da janela. Podia olhar tudo. As árvores, o canavial, as roças. O gado pastando. As casas, as pessoas. Os rios. As pontes.

O que será que Edivan estava fazendo no navio? Epa, e se não tivesse navio nenhum? Aquele navio era por conta dele, da sua cabeça que gostava de imaginar. Mas, se ele fosse o irmão, iria virar marinheiro. Iria mesmo embarcar em São Paulo. Em São Paulo, não. Em Santos. Aquela Inezília... Por que tinha de dar palpite na aventura de Edivan? O irmão era dele, não dela.

Mas, então, ele um dia também ia para Santos. De ônibus, com uma roupa nova de marinheiro bem dobrada dentro da mochila com o passarinho. O passarinho que gato nenhum vencia. Chegando, iria imediatamente perguntar pelo caminho para o porto.

No porto, entre muitos barcos, iria reconhecer pelo apito qual o navio do Capitão Edivan. Os outros marinheiros o abraçariam, gritariam o seu nome várias vezes e o levariam para viver no mar.

— Mãe, você não tá achando essa bermuda muito velha? — perguntou para dona Eulina.

A mãe parou de varrer o chão um segundo e examinou a roupa do filho. A bermuda era tudo que ele vestia.

— Tá velha não.

— Mas tá desbotada inteirinha.

— Desbotada de tanto pegar sol. Tá rasgada? Tem algum furo?

É, não estava rasgada nem furada. Se estivesse,

dona Eulina dava um jeito de pôr remendo. No fundo devia estar pensando que ele queria era que ela comprasse uma bermuda ou um *short* novo para ele usar. Mas quem ia comprar era ele, ela ia ver só!

No dia seguinte almoçava correndo, corria mais cedo para a praia e ficava até escurecer. Enquanto tivesse algum banhista com fome pela areia. Não ia sobrar nadinha de queijo no seu tabuleiro.

O pai estava demorando muito. A mãe fez com que Edmílson estudasse.

— Se não estudar, não vai melhorar de vida.

— Pra ser marinheiro será que precisa de estudar?

— Hoje em dia pra tudo tem de ter escola. Claro que tem, qualquer um tem de ter estudo.

A mãe parece que nem atinou com o que ele falou. Que ia ser marinheiro. Edmílson ainda não tinha dito para ninguém.

Dona Eulina não prestava atenção nele porque pensava no atraso do marido. "Se tiver bebido, eu mato ele."

Dona Eulina detestava duas coisas. Que seu Edivaldo ou Edivan bebessem era uma. Outra era a possibilidade de o marido perder o lugar no estaleiro e voltar a ser pescador. Tinha pavor de pesca. De uma só vez, o mar tinha matado o pai e o irmão dela.

Seu Edivaldo prefeririria a vida mais livre num barco. Em vez de ajudar, na terra, a fazer barcos para os outros. Mas, depois de uma noite de tempestade no mar, há muito tempo, e de só ter reaparecido depois de dois dias, fraco de fome e de sede, a mulher esperava enlouquecida na praia. Fez com que ele se ajoelhasse

17

ali mesmo e prometesse à Nossa Senhora Aparecida que arrumaria outro emprego.

Vida de marinheiro era vida no mar. Claro que a mãe não iria gostar da decisão de Edmílson. Mas, então, era por isso que ela chorava pelos cantos e nem atentava para o que ele dizia...

Entre uma conta e outra no caderno, Edmílson concluía que, sem saber, tinha acertado. O irmão tinha ido mesmo para a Marinha, escondido da mãe. Se não fizesse assim, ela ia obrigar Edivan a jurar, como o pai, que nunca ia ter uma vida longe da terra.

Ele precisava guardar aquele segredo. De que iria ter uma vida igual à do irmão. Voltou às suas contas, apenas intrigado por que Edivan nunca tinha dito a ele que gostava assim do mar. Bom, todo mundo pensava que ele ainda era uma criança. Os grandes não costumam contar seus sonhos às crianças.

Na escola, Edmílson ficou logo alegre. Toinho declamou na frente da classe. Toinho declamava bonito mesmo. Com emoção. Gritava, fazia gestos. Se era preciso chorar, era até capaz de chorar. Era a única hora em que a Inezília não reinava naquela sala. Dona Givalda adorava poesia. Mas ninguém mais tinha aquele dom do Toinho.

Ronivaldo, no recreio, se interessou pelo trabalho de Edmílson. Foi o único, aliás. O resto dos colegas queria notícias do Edivan. Edmílson não tinha. Alguém perguntou se o irmão não havia mandado uma carta. Dessa vez, Inezília, sem querer, interveio a favor dele:

— Carta não é telegrama, seu bobo. Demora a chegar.

Sorte dele, pois já estava querendo imaginar uma carta do marinheiro Edivan. Mas essas coisas não chegam de repente à imaginação. E se Inezília viesse com o comentário depois que ele já estivesse inventando as notícias?

A turminha se desfez assim que ele começou a contar de sua nova atividade. Só o Ronivaldo acompanhou, olhando interessado para ele.

— Não era melhor vender picolé ou cocada? — o amigo, inesperadamente, perguntou.

— Melhor por quê?

— É muito mais fácil. A gente não precisa preparar nada, já vem pronto.

— Mas aí é muita moleza — Edmílson falou com um sorriso.

Logo começou a demonstrar como fazia para acender suas brasas e como devia virar o espetinho para amolecer só o tanto necessário de cada lado.

— Não pode deixar queimar, claro! — comentou entusiasmado, sentindo a importância e a dificuldade de seu trabalho.

— Pois se fosse eu... — disse o Ronivaldo.

— Ué... Ia fazer o quê? — Edmílson até se esqueceu de explicar como salpicava o orégano, último ato de sua criação.

— Não ia vender coalho, não.

"Melhor para mim que ele não se interesse", pensou Edmílson, lembrando-se de que já tinha um número bem grande de concorrentes.

— Pois eu ia vender era cocada.

— Vender cocada não tem graça.

— Mas quem ia fazer era a mainha. Eu nunca que ia trabalhar para o Borracha. O dinheiro ia ficar todo lá em casa — Ronivaldo mostrou como tinha o espírito muito mais prático.

— Hum... — a alegria de Edmílson tinha acabado toda quando voltou para a aula no final do recreio.

Quando Edmílson chegou à Praia da Ponta, depois de se abastecer mais uma vez no Borracha, já veio de mau humor. O Borracha tinha dado nele uma bronca, falando o quanto ele estava atrasado e, por isso, não ia faturar quase nada. Mas o atraso quem tinha provocado, de início, era a mãe. Pois o menino tinha tentado convencê-la a fazer cocada para ele. A conversa com o Ronivaldo provocara a vontade de mudar de ramo. Só que dona Eulina não quis ser sócia do próprio filho.

— Menino, você já me viu fazer doce de banana? — ela perguntou, logo que ele tocou no assunto.

— Não...

— E doce de caju?

— Vi não...

— Doce de goiaba? De jenipapo?
— Também não.
— E nem cocada, não é?
— É...
— Pois eu não gosto e nem sei fazer doce. Ninguém ia comprar uma cocada que eu fizesse, entendeu, menino?

O jeito era continuar pagando o aluguel da bandeja e do carvão enquanto não vendia bastante queijo, ele se resignou. A feira era no caminho até a loja do Borracha. E a mochila ainda estava lá, pendurada entre outras. A única estampada com o passarinho. Na banca ao lado, *shorts* e bermudas de todas as cores. Difícil para ele dizer qual a bermuda mais bonita. Ali ele perdeu mais um tempo, só pondo os olhos nas roupas. A dona do negócio, uma tal de Cleisiane, não gostava que ele tocasse em nada.

— Se não for comprar, não pega, menino!

Depois de ter ouvido o que ouviu do Borracha, viu que a praia não estava tão cheia de turistas. O que havia, de sobra, era gente vendendo de tudo. Até óculos e bronzeador.

Um menino parou perto dele para reclamar do movimento. Disse que não tinha feito quase nada. Na cabeça, tinha um tabuleiro de cocadas.

— O doce, é sua mãe que faz? — Edmílson perguntou.

— É não. É uma vizinha. Hoje vou ficar devendo pra ela.

Edmílson deu logo um tchau pro garoto e foi andando em direção ao final da praia, na esperança de que por lá houvesse menos concorrência.

21

Ia andando, oferecendo a um e a outro, e nada. Puxa, será que aquilo era praga do Borracha? Ninguém ia comprar seu queijo?

No final da praia, havia umas pedras. Só havia uma pessoa por lá. Estava bem afastada de todos. Edmílson calculou que nenhum vendedor tinha ido até lá. "Pelo menos unzinho eu vendo", pensou.

Foi indo. Chegando mais perto, notou que era um homem. O homem não parava de se mexer. Estava tirando fotos. De qualquer coisa, pelo visto. Do mato, das pedras, das conchas na areia. Nem viu que Edmílson já estava pertinho dele.

Também não notou o sorriso do menino. O fulano era engraçado. Não tinha um fio de cabelo. A cabeça parecia um ovo.

— Moço, era melhor pôr um chapéu...

O outro então olhou para ele:

— Você está vendendo chapéu, garoto?

— É chapéu não. É queijo de coalho.

— Ah, é?

— Vou preparar um. Quer com orégano?

E não é que o homem quis? Ainda ficou fotografando Edmílson preparando o espetinho.

— É bom mesmo — falou, devorando o churrasquinho.

Edmílson entendeu por que o sujeito tinha uma barriga tão redonda. Aquele homem guloso era meio parecido com a Lua.

— Pode fazer outro.

— É pra já — Edmílson já estava pronto para recomeçar a tarefa.

— Melhor, faz logo dois.

— Um de cada vez — o menino já achou o homem apressado. Mas tinha valido a pena ter vindo até ali.

Ao final, aquele dia, que não tinha começado tão bem, virou o dia de sorte do Edmílson. Como não tinha troco nenhum, e o homem da cabeça de ovo só tinha notas grandes, acabou levando uma nota de cinquenta.

— Quer saber de uma coisa? Não precisa me dar troco não, garoto.

O menino não queria aceitar. Disse que ia dar um jeito de trocar o dinheiro e voltar.

— Não, não precisa. Eu já estou indo embora almoçar.

— Ué, ainda tá com fome?

— Claro, esse queijinho foi um aperitivo.

— Benza-o Deus! — Edmílson repetiu a frase que a mãe dizia sempre que ele demonstrava apetite.

— Amém! — disse o homem se despedindo, certamente imaginando que o menino o abençoasse pelo dinheiro.

Edmílson deu a jornada por acabada. Não precisava vender mais nada. Correu até o Borracha e pagou tudo o que devia. Nem precisava se abastecer de mais queijo. Então, teve uma ideia genial: comprou sua própria bandeja. E começou a imaginar que se comprasse o queijo sem partir, como era vendido em outra loja, pagaria mais barato. Do Borracha só precisaria do carvão e do bambu cortado em espetos. Voltou lá e comprou à vista o que precisava, depois de verificar que ainda tinha bastante orégano e não precisava repor.

Ainda sobrava dinheiro. Passou pela feira, resistindo às bermudas. Perguntou o preço da mochila. Quanta coisa poderia carregar ali dentro! Mas faltavam ainda algumas moedas para ela ser sua. Pediu ao seu Eliziardo, o dono da banca, para não vendê-la para mais ninguém.

— Amanhã venho buscar! — prometeu.

Então, viu um boné vermelho se destacando dos outros dentre os produtos daquela banca. Como a mochila, era o único entre tantos artigos repetidos. Mas não era tão caro.

— Hoje vou levar só o boné.

— Mas é muito grande para você — objetou o homem.

— Não é pra mim, não.

Edmílson calculou que devia servir bem ao cabeça de ovo. Coitado, se continuasse sem boné, com a careca exposta ao sol, ia ficar com o cocuruto tão vermelho quanto aquele chapéu.

"Amanhã procuro ele na praia", Edmílson pensou, imaginando recuperar o dinheiro gasto.

25

A mãe estranhou a mudança de humor de Edmílson. Nem parecia o mesmo que tinha saído com a cara emburrada por causa da história das cocadas.

— Ué, o que deu nele? — dona Eulina perguntou aos seus botões ao ver que o menino tinha ido estudar sem precisar que ela mandasse.

Ele estava bastante concentrado. Ultimamente dedicava-se bastante aos exercícios de aritmética, especialmente às contas. Já estava melhor que a mãe, que nunca tinha sido boa com as frações.

Naquela tarde, o pai chegou cedo. Dona Eulina nem precisou chegar perto para ver se ele tinha algum bafo de bebida. Mas seu Edivaldo estava bastante triste.

— Alguma notícia do Edivan? — Edmílson perguntou.

O pai só balançou a cabeça, negando.

— Quando é que ele vai escrever pra gente? — o garoto insistiu nas perguntas.

— Deixa de aperrear seu pai — logo veio dona Eulina de implicância com a curiosidade dele.

Então, Edivaldo chamou o filho para se sentar do seu lado no sofá e o abraçou. Sem se importar com o suor do pai, Edmílson foi encostando a cabeça em seu ombro.

— Vá tomar banho, Edivaldo! — a mãe disse que queria pôr logo a janta na mesa.

Mas, depois da janta, o pai, com cheiro de sabonete, estava de novo no sofá, com a televisão ligada. Edmílson se sentou entre ele e a mãe, se encostando ora num ora no outro. O ombro e o braço de Eulina eram mais macios. Foi onde escolheu para dormir.

Bem que dali a pouco a mãe quis acordá-lo, mas o pai, como antigamente e se esquecendo de que o filho já estava bastante grande, fez questão de colocá-lo na cama. Edmílson sonhou com o mar, o apito de um navio partindo, marinheiros alegres. Ele estava no barco, perguntando a mesma coisa a cada um que passava à sua frente. Mas não conseguia encontrar Edivan em lugar nenhum.

Na praia, Edmílson pensava na Inezília, enquanto oferecia seus queijos. Pois a atrevida tinha conseguido derrubar o Toinho da importância que ele tinha conseguido na aula. O menino estava recitando bem alto e cheio de gestos:

— Minha terra tem palmeiras...

Todos encaravam seriamente o artista. Toinho, nesse momento, fechou os olhos e esboçou um sorriso:

— Onde canta o sábio...

Edmílson também tinha fechado os olhos para desfrutar melhor a melodia dos versos. Por isso estremeceu com o grito da colega:

— Sábio? Ra-ra-rá! É sabiá, seu tonto!

Edmílson teve de abrir os olhos e não sabia onde

fixá-los. Se no colega, engasgado, ou na dona Givalda, com a boca aberta olhando pra Inezília.

Então, as mãos de Toinho se fecharam como se ele fosse partir aos socos para cima da menina.

— Calma aí, rapaz! — pediu a professora.

— Mas é sábio ou é sábia? — perguntou a Elizete, sacudindo os cachos da cabeça. A Elizete era a única a ir para a escola de sapato e meia.

— Sabiá, sabiá, sua coió! — a Inezília não se continha.

— Inezília! — dona Givalda gritou.

No mesmo instante, Toinho desfez a atitude de briga.

— Então é sábia! — disse a Elizete.

— É sábio! — disse Toinho, convicto.

— A Inezília tem razão. É sabiá, um passarinho, uma ave canora — disse dona Givalda, confundindo mais um pouco o Toinho e a Elizete.

A professora mandou Toinho se sentar sem concluir a recitação. Mas deu bronca em Inezília:

— Onde já se viu chamar seus coleguinhas de tonto ou de coió?!

Edmílson interrompeu suas lembranças quando viu uma menina, que parecia um pouco a Inezília, saindo do mar. Era uma Inezília loura e de olhos azuis.

A menina parou diante dele e falou algo numa língua esquisita, apontando os espetinhos.

— Nádia! — a mãe dela chamou.

Mas Nádia não se mexeu, continuando a falar com Edmílson, que também não se mexia.

A mãe da garota veio até ele e acabou comprando

dois espetinhos. A mulher falava um português engraçado e disse para o menino que elas eram russas.

Edmílson se afastou, ainda olhando para trás. Nádia voltava a mergulhar no mar. Ele pensou que nunca tinha visto menina mais linda.

Edmílson, distraído, o pensamento lá na Rússia, de repente trombou com um marinheiro.

— Olá, menino do queijo! — disse o marujo. — Está querendo me derrubar?

Mas quem vacilou, quase espalhando os queijos e os carvões pela areia, foi Edmílson. Só não caiu porque o homem o segurou.

Foi quando, finalmente, reconheceu o sujeito da cabeça de ovo.

— Mas... Você é marinheiro, moço?

O homem nem ouviu, estava interessado no que Edmílson tinha nas mãos:

— Acho que vou querer alguns queijinhos com muito orégano...

Só então o garoto se lembrou do trabalho. Enquanto armava a "churrasqueira", o cabeça pelada começou a fotografá-lo.

Edmílson, que, antes do encontrão, imaginava estar desembarcando na Rússia do mesmo navio que Nádia, decidiu perguntar ao seu freguês:

29

— Tem mar mesmo na Rússia? — a história de São Paulo não ter praia ainda estava entalada em sua garganta.

O homem parou um pouco com os cliques da máquina e ficou pensando.

— Tem, e mais de um. Mas é bem complicado para chegar lá. É mais fácil ir de avião.

— Mas dá ou não dá pra ir de barco?

— Dá... Só que é complicado.

— Seu navio já foi lá?

— Que meu navio, menino?

— Ué, você não é da Marinha?

— Por causa desse boné? — o homem riu e acrescentou: — É só um quepe, acho que era de uma fantasia de carnaval.

Edmílson entregou o primeiro churrasquinho e já ia preparar o segundo quando se lembrou do boné vermelho.

— Olha aqui, moço. Pensei que o sol ia torrar sua cabeça... Era pra você...

O homem gostou do boné vermelho. Tirou o quepe e pôs na cabeça o que Edmílson tinha trazido.

— Ficou bom? — perguntou.

Não era tão bonito quanto o chapéu de comandante, mas não tinha ficado mal. Para Edmílson, vermelho era a melhor cor de boné.

— É... — respondeu, hesitante.

— Então vamos trocar. Fico com o seu, e você leva o meu.

O homem pôs o quepe em Edmílson, que ficou com os olhos quase cobertos. O menino tirou e logo o usou para abanar a fumaça.

— Meu irmão é marinheiro — falou, de novo comandado pela imaginação.

O homem pareceu não se interessar. Fez mais uma foto do menino e logo estava devorando o segundo churrasquinho. Ele mesmo tinha se servido de orégano.

Quando se despediram, o menino pensou no prejuízo. Sua intenção era recuperar o dinheiro do boné. Mas não podia ser tão cobiçoso. Aquele era o melhor freguês da praia e merecia um agrado. Depois, o quepe de comandante agora era dele. Mesmo que dançasse em sua cabeça.

Passou longe da barraca de seu Eliziardo quando atravessou a feira para acertar com o Borracha. Só o carvão e o bambu, pois queijo, comprado inteiro numa loja, ainda tinha em casa. Faltava bem pouco para ele completar o preço da mochila. Só teria coragem de voltar lá para fechar o negócio.

De longe, viu as bermudas da Cleisiane. Chegar perto daquela ali, só mesmo com dinheiro na mão. Lembrou do boné vermelho agora na cabeça do marujo-que-não-era-marujo. O boné vermelho tinha tirado dele um pouco do jeito de lua. Mas o quepe, porque era branco, esse, sim, deixava o homem igual a um marinheiro da Lua. Puxa, isso não devia existir. Mas não havia naves que iam para a Lua? Homens vestidos de branco, os astronautas, não eram uma espécie de marinheiros?

No fundo, o céu e o mar — tão liso quando se afastava da praia — se pareciam. Os dois, azuis. E, certas noites, a Lua, como num espelho, se refletia no mar.

Por que sua cabeça corria para aqueles lugares, fazendo com que olhasse tanto para o céu? Por causa dos olhos da Nádia? Mas o que era aquilo, aquela cor? Nunca tinha visto olhos assim no rosto de menina nenhuma. Para falar a verdade, aquela cor nem no céu existia. Muito menos nas piscinas daqueles hotéis perto da praia, e que ele só via de longe.

Antes de voltar para casa, ficou observando o Sol descer até o mar. O dia morrendo assim, lentamente, provocava nele uma certa tristeza. Pensou no irmão, tão longe, ainda sem ter mandado uma carta. Deu-se conta de que nunca tinha visto o irmão escrevendo. Edivan nem ligava para estudo. Será que não ia escrever? Mas como ia fazer para dar notícia se eles não tinham telefone em casa?

E a Nádia? Quando fosse embora, nunca mais teria notícias dela. Com certeza, não partiria pelo mar. Sumiria no céu, dentro de um avião. Era mais fácil para chegar à Rússia, como disse o homem-lua.

Onde ficava a Rússia? Com certeza bem mais longe que São Paulo, que ainda era no Brasil e onde as pessoas falavam bem parecido com ele, só um pouco engraçado, e não costumavam saber o que era coalho.

Mas um dia um navio o levaria à Rússia, levaria, sim, mesmo que fosse demorado e complicado. Então, passando na frente do botequim, viu o pai ali, bebendo sozinho. Não falou nada. Não o chamou, como a mãe gostaria que ele fizesse. Também não ia contar para a mãe o que o pai estava fazendo. É que o pai tinha uma cara triste demais.

14

É claro que a coisa ficou preta em casa. Dona Eulina foi tomar satisfação com seu Edivaldo assim que ele entrou, já bem fora de hora. Mas o pai, daquela vez, além de gritar com a mulher, nem ficou para a janta. Voltou para a rua, deixando a mulher falando sozinha. E Edmílson quieto, calado, diante de seu prato.

Dona Eulina não comeu e retirou o prato do marido. Edmílson não entendia a pressa dela para ele terminar logo de jantar. Ele que nem tinha muita fome.

— Vai acabar de estudar! — ela gritou com ele e, na cozinha, fez um barulhão para limpar as panelas.

— Ixe! — disse o menino, abrindo o livro e o caderno à toa, pois já tinha feito os deveres enquanto esperava por seu Edivaldo.

Naquelas horas não gostava de ficar em casa. Mas quem era ele para enfrentar a mãe, como o pai e o irmão mais velho às vezes faziam?

Bem tinha feito o Edivan, que agora era mesmo o dono de seu nariz. Pois o irmão devia ter ficado bem zangado com a mãe para ir embora sem se despedir. Era por isso, vai ver, que não escrevia nunca.

Mas a vez dele ia chegar. Assim que crescesse o bastante para o quepe de marinheiro encaixar na sua cabeça. Mesmo que aquele ainda não fosse um quepe de verdade. Um dia, aí sim, teria o seu. E naquela família os marinheiros seriam dois. Edmílson e Edivan tinham a quem puxar. Afinal, o pai também tinha sido um homem do mar. Talvez bebesse era por saudades de um barco e de uma rede de pesca.

— Edmílson — a voz da mãe o assustou, embora não parecesse brava.

Ele se virou para ela, que colocou a mão em seu ombro.

— Edmílson, meu filho... — a voz estava até carinhosa demais.

— Que foi, mainha?

Ele já se considerava bastante grande para dizer "mainha", mas teve pena de dona Eulina.

— Eu queria que você me prometesse, meu filho...

Edmílson sentiu o corpo se retesar. Veio à sua mente a história do juramento do pai, quando teve de abandonar a pesca. Com certeza ela ia lhe pedir para não fugir como o irmão. Mas ele não podia prometer não se tornar um marinheiro. Não, aquilo não.

Apenas olhou para cima, tentando adivinhar nos olhos da mãe o que ela queria dele.

— Edmílson, me prometa ficar sempre afastado da bebida!

— Ah... — ele soltou um suspiro, já aliviado.

Não dava a menor importância à bebida. Nem gostava de ver o pai metido com pinga ou cerveja.

— Pode ficar sossegada. Eu não vou ficar como o painho, não.

Pensou que a mãe fosse abraçá-lo. Mas ela apenas passou os dedos sobre seus cabelos e se afastou, em silêncio.

Edmílson ficou olhando para a folha em branco do caderno. Então, escreveu três palavras. Mar. Marinheiro. Nádia. Depois foi apagando uma por uma. Mas as marcas do lápis ficaram impressas no papel.

— Nenhuma notícia ainda do Edivan? — Ronivaldo perguntou no intervalo.

A vontade de Edmílson foi dizer que o irmão tinha escrito uma longa carta da Rússia. Mas a Elizete e a Inezília estavam bem ao lado. Se os ouvintes fossem só a Elizete e o Ronivaldo, ele poderia contar que todos os russos eram louros e falavam uma língua danada demais para entender. Já as mulheres tinham olhos azuis, que ora pareciam uma piscina, ora pareciam o céu. Mas a Inezília ia querer saber mais. Tipo o nome do mar da Rússia ou por que lugares o navio de Edivan tinha passado. Ah, com certeza ela conhecia o nome certo do porto da Rússia. Então, ele simplesmente sacudiu os ombros e olhou para o chão.

— Não, nada — viu-se obrigado a responder.

— Vai ver o irmão dele não sabe escrever — disse a Elizete, se intrometendo.

— Claro que sabe! — Edmílson se irritou com a desconsideração da menina.

Então, Inezília falou:

— Não deve é ter tido tempo ainda, gente. Ele está descobrindo o mundo.

— É isso mesmo! — Edmílson logo apoiou.

— Descobrir o mundo deve ser a coisa mais maravilhosa da vida — acrescentou Inezília. Nessa hora ela parecia olhar para dentro de si mesma.

Edmílson, em silêncio, deu razão à colega.

— Se eu fosse o Edivan, ia para a Rússia... — disse ele por fim.

Mas ninguém queria saber da Rússia. Ninguém lhe perguntou por quê. Vai ver que nem Inezília sabia grande coisa da Rússia. Entretanto, ele tinha escutado a língua na voz de Nádia e da mãe dela. E as duas tinham comido do seu queijo. Só que ninguém se importava muito com o que ele vendia ou fazia fora da escola.

Apenas a aventura de Edivan merecia atenção. Porque foi descobrir o mundo, e descobrir o mundo era a coisa mais maravilhosa da vida. Os marinheiros podiam fazer isso. Ele também ia descobrir o mundo. Quando voltasse, teria tantas histórias para contar! E todos o ouviriam, do mesmo jeito como escutavam as declamações de Toinho. Ninguém poderia contestar se ele afirmasse que, na Rússia, são os sábios e não os sabiás que pousam nas palmeiras e cantam. Porque só ele esteve lá, só ele viu.

Ele chegou bem mais cedo à praia. Sabia que os turistas quase nunca se afastavam da frente dos hotéis. Nádia deveria estar com a mãe no lugar da véspera. Parecia, contudo, que ainda não tinham chegado. Teriam mudado de programa? Mas a tarde estava perfeita para mergulhar e tomar sol.

37

Não conseguia se afastar muito e, com isso, vendia muito pouco, pois os fregueses nas proximidades já tinham sido atendidos e o olhavam aborrecidos quando abordados pela terceira ou quarta vez.

Então, um saveiro que fazia passeios com turistas veio se aproximando e Edmílson pôde reconhecer primeiro a mãe e depois Nádia entre os que se preparavam para desembarcar. O coração de Edmílson disparou com o sorriso que recebeu da menina assim que ela o notou já bem próximo das ondas.

O menino da cocada apareceu e parou ao lado dele, também de olho no bando de turistas. Rápido, logo abordou a mãe de Nádia. Mas nem ela nem a filha pareciam gostar de doce. Edmílson decidiu se apresentar. Sorria, encabulado. A mulher achou que ele queria apenas vender, assim como tinha feito o outro. Naquele jeito estropiado de falar, disse que tinham almoçado no barco, mas colocou uma nota dobrada no bolso de Edmílson.

— Ué, a dona está achando você com cara de mendigo? — perguntou o vendedor de cocada, se afastando, enciumado.

Edmílson não se importou. Sem perceber, começou a seguir Nádia. Os turistas tinham tomado a direção do hotel. Ninguém quis ficar na praia. Sua vontade era de entrar também no prédio. Mas os porteiros nunca o deixariam passar. Subitamente tomou coragem e chamou:

— Nádia... — mas nem sabia o que teria a dizer.

A menina ouviu, falou qualquer coisa com a mãe e veio até ele. Agora seu peito iria explodir. Nádia parou diante dele e lhe estendeu a mão. Ele a segurou, depois de alguma hesitação. Mal sentiu o toque daquela pele, pois ela não demorou a soltar-se dele.

— Das vidânia! — a menina falou e se afastou, correndo.

Em brevíssimos segundos desapareceu atrás da porta daquele hotel. Ele não podia fazer mais nada, senão voltar para a praia.

Logo encontrou um freguês. Ou foi encontrado por ele. O homem-lua veio dizer que estava à sua procura, avisando que tinha muita fome.

— Quero pelo menos três, menino — ele disse, enquanto Edmílson se punha a trabalhar.

— Moço... — de repente veio a vontade de lhe perguntar.

— Hum?

— Você sabe a língua dos russos?

— Quase nada. Uma palavra ou outra.

— Das vidânia?

O homem pensou. Repetiu as palavras.

— Ah, acho que é adeus!

Dona Eulina tinha razão de se preocupar com o atraso do filho. Nunca Edmílson tinha demorado tanto tempo para voltar para casa.

Primeiro, ele voltou para a porta do hotel. Um ônibus azul estava estacionado bem à frente. Ele logo soube, pela cor, que era o ônibus que levaria

39

Nádia para o aeroporto. Tinha quase a cor dos olhos dela, tinha a cor do céu. Sentou-se na calçada e decidiu esperar o tempo que fosse preciso.

As malas vieram antes, trazidas pelos empregados do hotel. Depois, os turistas foram se espalhando pelas poltronas do carro. Nádia e a mãe foram das últimas. Acenaram para ele. Mas o ônibus, o motor ligado, ainda não partia. Alguém devia estar atrasado.

Ele teve a ideia e teve o tempo exato. Preparou o melhor queijo de coalho de toda sua carreira. Correu até a janela de Nádia, fazendo sinais para ela. A garota entendeu, abriu o vidro e recebeu o presente, quando o ônibus já começava a rodar.

A mão livre da menina (a outra segurava o espeto) acenou um último "das vidânia". Logo em seguida o vidro era fechado. Mais um ou dois rapidíssimos minutos e o grande carro azul sumia no trânsito.

E agora? A praia ficou enorme, o mar parecia não ter fim. Edmílson andava sem olhar para as pessoas. Nem se lembrava de que era um vendedor de queijos. Cruzou com o menino da cocada. O garoto falou que tinha feito um trabalho razoável e já ia voltar para casa. Trocaram um "tchau".

Pensou que no outro dia veria o colega de quem não sabia o nome. Mas Nádia, com certeza, não estaria ali amanhã. Também teve vontade de ir para casa. No entanto, não deu um único passo. Sentou na areia e olhou o mar. Viu barcos se afastando, sumindo para além do horizonte.

"O que haverá do lado de lá?", perguntou a si mesmo, imaginando São Paulo e logo se corrigindo. "São Paulo, não, Santos." E depois, mais longe e sem saber quanto, a Rússia. Olhou para o céu à procura de um avião. Viu apenas gaivotas e andorinhas. Quis saber como seriam os sabiás, que viveriam na sua terra e não na Rússia.

Limpou a areia da mão, pois, sem querer, tinha pegado um tanto, que escorria entre seus dedos. Foi quando deu com o dinheiro no bolso. A nota dobrada em pedaços pequeninos da mãe de Nádia. As notas do homem-lua e dos outros fregueses.

De repente, ele tinha dinheiro, pelo qual esperava há tantos dias. Levantou-se, passou em casa, e a mãe nem percebeu. Voltou para a rua. Esteve na feira. Seu Eliziardo tinha sua mochila guardada, era um homem de palavra. A Cleisiane teve de tratá-lo bem; aquela vez era um freguês exigente. Escolheu, com toda calma, a bermuda mais bonita. Por acaso, era azul.

Perto de casa encontrou o pai. Seu Edivaldo perguntou se ele não gostaria de um guaraná. Foi com o pai para o bar. O pai ficou só numa cerveja. Mas quando os dois chegaram, dona Eulina, as mãos nos quadris, nem quis saber de ver a bermuda ou a mochila com o passarinho estampado.

— Não me façam mais isso! — ela ralhou.

Mas daí a pouco, os três jantavam juntos. Edmílson se sentiu bem menos triste.

18

Edmílson mudou de mochila. Para a escola, com os cadernos e livros, só usaria a nova. Se não tivesse tomado sol, exposta na feira, teria ainda mais cara de nova. O amarelo do corpo do passarinho já tinha desbotado um tantinho. A velha, já surrada, serviria para o trabalho. Muito melhor que colocar seus carvões naquela sacola que a mãe tinha encostado antes de lhe dar. Assim, distribuiria melhor o peso de sua carga de todos os dias e não forçaria tanto o braço.

Ele se sentia uma pessoa importante com aquela mochila que escolheu e pela qual pagou. Mesmo que o garoto da cocada tivesse insinuado que ele recebeu esmola. Gorjeta era a palavra certa. Gorjeta não era esmola. Se as pessoas lhe diziam para guardar o troco, era porque se sentiam bem atendidas. Ou gostavam do jeito dele. Como o homem-lua e a mãe de Nádia.

Às vezes, ser importante era também sentir uma certa tristura. Pois tinha conhecido Nádia e a perdeu. Edmílson, que mal tinha começado a amar, entendeu que aquele amor não tinha jeito de ir adiante.

De repente, Toinho já não parecia tão admirável. Ele sabia recitar, mas nunca teve a chance, com certeza, de conhecer Nádia. Jamais recitaria um poema chamado "Das vidânia".

Elizete percebeu a mochila nova e a achou linda. Fez o comentário com a Inezília. Mas Inezília era Inezília. Tinha que olhar com desprezo e dar um muxoxo ao observar:

— Esse passarinho é coisa de criancinha.

Ele nem retrucou. Ela não entendia era nada. Aquele passarinho era esperto, era danado, era livre. Sabia muito bem escapar do gato. Só era pequeno. Ser pequeno não é ser bobo.

Edmílson sacudiu a cabeça. Inezília podia saber muito sobre os mapas e as palavras. Mas não entendia daquele passarinho. Vai ver que nem saberia reconhecer um sabiá de verdade.

Já da rua escutou as vozes alteradas de dona Eulina e de seu Edivaldo. Edmílson não gostava nada daquilo. A mãe era implicante, mas o pai bem que podia maneirar na bebida. Dona Eulina dizia que com a bebida ele podia até perder o emprego. Ele respondia que era aquele serviço aborrecido que o deixava com vontade de beber. Mas a conversa, daquela vez, não era por causa das idas de Edivaldo ao bar. O assunto só podia ser Edivan.

— Tem certeza de que vão soltar ele hoje? — a mãe perguntava.

— Certeza, como vou ter?

— Mas esse menino não pode voltar a fazer o que fez!

— Nem pode continuar se metendo com aqueles malandros!

— Meu filho naquele lugar... — e dona Eulina se pôs a soluçar.

Edmílson, já dentro de casa, não se conteve. Queria entender o que era aquela conversa.

— Que lugar é esse? Para onde foi meu irmão?

O pai olhou para ele sem saber como responder.

A mãe engoliu rápido o choro, logo retomando seu jeito bravo.

— Que é isso, menino? Como é que entra desse jeito?

— Vocês estão falando do Edivan, não é? Mas ele não tinha viajado para São Paulo?

— Não... — o pai parecia resolvido a contar o que acontecia.

— Você não tem nada que saber! — dona Eulina insistia em tratar Edmílson como criança.

Ele então voltou para a rua. Foi de novo em direção à praia. Sentou-se na areia, diante do mar.

Naquela hora nenhum barco partia. Mas por que deveria partir? Não interessava mais o que havia do outro lado. O pai já dissera que Edivan não tinha ido para São Paulo coisa nenhuma. Estava era num lugar tão ruim que até fazia a mãe chorar.

O mar foi ficando cinzento. Cor de chumbo. Quando anoitecesse, estaria negro. Ou invisível. Apenas as ondas, com sua espuma branca, poderiam ser vistas. Mas, em compensação, haveria estrelas no céu. Mesmo que fossem minúsculas e brilhassem bem menos que as lâmpadas da avenida.

Soltou um suspiro bem longo. Tomou o rumo de casa, mas caminhando devagarinho. Pois Edivan não se tornara marinheiro. Como é que ia explicar a seus colegas? Depois pensaria nisso. Não entendia por que o irmão não quis conhecer o mundo. Mas ele iria conhecer. Já tinha seu chapéu de marinheiro. E, principalmente, tinha a mochila com o passarinho.

20

Quando voltou, o pai esperava por ele. Seu Edivaldo se sentou com o filho na beira da calçada.

— O Edivan está lá dentro — anunciou.

Edmílson tinha vontade de correr para ver o irmão, mas entendeu que o pai queria conversar. Finalmente, iriam explicar o que tanto o intrigava.

Não disse nada. Olhou para dentro de casa. Desta vez não ouviu nenhuma voz. Olhou, então, para o pai.

— Seu irmão voltou.

— De onde?

O pai desviou o olhar. Olhou para as próprias mãos que construíam barcos para outros homens. Custou a falar.

— O Edivan fez besteira. Se meteu com aqueles malandros da praia...

Edmílson se lembrou dos companheiros do irmão nos últimos tempos. Era dona Eulina quem chamava aqueles rapazes de malandros. Para ele, tinham cara e jeito de qualquer um.

— O Edivan não viajou — o pai acrescentou.

Isso ele já sabia desde que escutou os pais discutindo. Mas por que o irmão tinha sumido de casa? Esperou o pai contar.

— O Edivan estava era preso.

Agora se surpreendeu de verdade. O irmão na cadeia, não dava para acreditar!

46

— Por quê? — perguntou, falando bem baixo. Não queria que ninguém mais escutasse.

— Aprendeu a fazer besteira.

Aquilo não explicava nada. Era melhor o pai desembuchar logo.

— Mas o que é isso, fazer besteira? — continuou, com uma voz muito baixa.

— Ele aprendeu a tirar com os outros.

— Tirar?

O pai não dava nome aos bois. Só sacudia a cabeça. Edmílson sabia que tinha entendido, mas queria que lhe dissessem, que lhe permitissem acreditar em suas conclusões.

Como Edivaldo se calasse, arriscou, quase sussurrando:

— Roubar, painho?

— É... — parecia que o pai não ia dizer mais nada.

Edmílson olhou outra vez para dentro da casa. Não sabia mais se queria entrar.

— Edivan foi seguir a cabeça dos outros... — seu Edivaldo voltou a falar.

Foi quando deu vontade de saber o que o irmão tinha feito.

— Roubou o quê, painho?

— Umas coisas de uns turistas distraídos.

Rato de praia. Edmílson conhecia o modo como chamavam as pessoas que faziam aquilo. Então, sentiu que não era mais o irmão de um marinheiro.

— Agora você já pode entrar — o pai disse, ainda sem olhar para ele.

Ele se levantou. Edivaldo continuou sentado.

47

Edmílson se decidiu. Ia ter mesmo de entrar no quarto, o quarto que dividia com o irmão.

Lá não havia ninguém. Foi quando ouviu a voz da mãe na cozinha. E outra voz, sussurrada, fazendo eco ao que falava dona Eulina.

Edivan e a mãe estavam ajoelhados no chão da cozinha. Rezavam. A mãe percebeu que o caçula os espiava.

— Ajoelha também e repete — ela mandou.

Edivan olhou para ele e logo desviou o olhar. No olhar do irmão, Edmílson não percebeu carinho nem saudade. Edivan tinha os olhos de quando sentia raiva. Mas repetia as frases da oração, não tão alto quanto Eulina.

— Anda, Edmílson — a mãe insistia.

Já ajoelhado, juntou sua voz à do irmão na repetição do terço. Sem entender por que tinha de participar daquele castigo. A mãe o obrigava a ajoelhar e a rezar sempre que aprontava alguma coisa errada. Mas o que é que ele tinha feito?

Edmílson decidiu que não ia ficar com raiva, que não ia ter o mesmo olhar nem a voz tremida e sufocada do irmão. Rezaria pelos pecados de Edivan, pelo mau humor de Eulina, pelo porre que adivinhava que Edivaldo iria tomar aquela noite.

Recitava aquela oração interminável, pensando

na espuma e nos ruídos do mar e nas estrelas no céu. Lembrava das histórias de pesca do pai. À noite, em alto-mar, longe das luzes da cidade, o céu se enchia de estrelas. O mar e o céu misturavam suas cores escuras. Sempre gostou dessa parte das histórias. Fechou os olhos para encontrar o escuro que o acalmava enquanto dormia. As vozes da mãe, de Edivan e dele próprio pareciam chicotear a escuridão.

Daí a pouco, sem o pai, jantavam naquela cozinha. Edivan tinha muito apetite, mas se recusava a falar com o irmão ou com a mãe. Nem dona Eulina parecia ter assunto.

O quarto, com o irmão na cama ao lado, parecia agora menor. Mesmo no escuro. Edivan adormeceu. Percebeu pela respiração dele. Edmílson mesmo não dormia. Talvez porque pela parede vinham os sons da discussão de Eulina e Edivaldo. A voz do pai tinha aquele tom arrastado de que ele não gostava.

Edivan teve um pesadelo. Começou a falar, engasgado. Gritou. Devia estar sonhando com a prisão.

E podia estar sonhando com São Paulo, se aquela história que fizeram o menino engolir não fosse mentira. Edivan, bem ao lado, não tinha ido conhecer o mundo. O mundo, mais que a reza obrigada de dona Eulina, é que tinha vindo castigar o irmão.

Edmílson tateou na direção do corpo do outro. Encontrou um ombro e o segurou suavemente. A princípio, percebeu um estremecimento. Daí a pouco Edivan não gritava. O pesadelo acabou. O corpo mexeu. Edivan virou para o outro lado. Edmílson pôde retirar sua mão. Dali a pouco também dormiu.

Quando acordou, não viu o irmão. O pai saía atrasado, quase empurrado pela mãe.

— Você também está perdendo a hora — dona Eulina não deixou de reparar.

Edmílson enfiou a mochila e lá se foi, quase correndo rumo à escola. O passarinho do desenho, do lado de fora, tomando sol como ele. A praia iria encher. Ia ser um bom dia.

Felizmente dona Givalda estava atrasada. O pessoal todo discutia.

— O que foi? — perguntou para o Toinho.

— Hoje é o aniversário da professora.

— Será que ela não vem? — quis saber.

— É até melhor que não venha — se intrometeu a Elizete.

— Mas por quê?

— A gente não arrumou presente nenhum para ela — a menina explicou.

— É mesmo — concordou o Toinho.

Puxa, ele podia ter trazido um de seus espetos para a professora. Edmílson se lembrou do presente ofertado a Nádia.

— Olha lá! — alguém alertou. — Ela já vem vindo.

— Alguém vá lá fora falar com ela — ele gritou, tendo uma ideia.

Ronivaldo logo obedeceu e foi distrair dona Givalda. O resto da sala ficou olhando, sem entender, quando ele correu para o quadro.

51

Edmílson desenhou um bolo. Não deu para ficar muito redondo. O tempo era muito pouco. Mas colocou uma vela em cima. Quase trombou com Inezília. A menina arrancou o giz da mão dele e escreveu "parabéns" ao lado do bolo.

Quando a professora entrou na sala, ao lado de Ronivaldo, todos estavam de pé e, sem ninguém comandar, começaram a cantar "Parabéns pra você".

Dona Givalda olhou para aquele bolo torto e só desenhado. Então, como se fosse do tamanho de seus alunos, começou a chorar.

Depois, abraçou um por um. As meninas também choraram. Edmílson, os olhos fechados, sentiu o perfume de dona Givalda quando chegou sua vez. Ela cheirava bem, um cheiro doce, diferente do cheiro salgado do mar e das lágrimas.

Dia de sol não tem como não ser dia de praia cheia. O menino da cocada parece que estava bem cedo na batalha. Quando cruzou com Edmílson, era um sorriso só. Mostrou o tabuleiro quase vazio:

— Mais uns minutinhos e quem vai tomar banho de mar sou eu.

Bem que Edmílson quis dar uns mergulhos com o colega, mas ainda tinha muita praia para andar, muito espetinho para vender.

Foi indo para a Praia da Ponta. Perto do hotel

de Nádia, muitos turistas. Só que nenhum falava a língua dela. Claro que tinha estrangeiros com línguas enroladas. Mas nenhum, com certeza, falava russo.

O coração ficou apertado quando o garoto se afastou dali. Tentou pensar em outra coisa. Lembrou do aniversário de dona Givalda. Lembrou do abraço e do perfume da mestra. Não sabia, até então, que todos gostavam tanto dela. Imaginou que não queria que a professora fosse embora um dia. Bastava Nádia.

Sem se importar muito em apregoar seus produtos, ia andando em frente. Só parava quando era chamado. Pelo jeito, ia demorar muito para se sentir livre como o colega das cocadas.

Foi indo para o fim da praia, onde pela primeira vez encontrou o homem-lua. Procurou um boné vermelho. Mas, por lá, só alguns casais de namorados. Namorados muito raramente se interessavam por queijo de coalho.

Edmílson pensou que aquele homem também teria partido. Afinal, era um turista. Soltou um suspiro, conformado por perder seu melhor freguês. Sentou-se em uma pedra e não conseguiu deixar de pensar no irmão. Edivan não sumira no mundo. O menino sentia que era muito melhor quando esperava por aquela carta de um marinheiro.

Edivan voltou calado demais. Mal respondia às perguntas que ele fazia. Na noite anterior quis saber como era na cadeia, mesmo imaginando que fosse ruim.

— Cala essa boca e vê se dorme! — foi o que ouviu como resposta.

53

Tentou ainda perguntar o que Edivan pretendia fazer da vida. Queria saber se ele não pensava, por acaso, na Marinha...

— Fecha a matraca, cara! Eu quero dormir!

Então não disse mais nada. Continuou acordado um tempão. E sabia que Edivan, rolando na cama, também não dormia.

Foi quando reconheceu aquele andar, aquela barriga, aquele boné se aproximando.

— Ah, menino, você está aí!

Edmílson se levantou e, com um sorriso, foi ao encontro do homem-lua. Tinha até vontade de abraçá-lo.

O homem-lua também tinha uma mochila, onde enfiava sua máquina fotográfica. Ele abriu a mochila e remexeu lá dentro.

— Tenho um presente para você, menino!

— O que é?

— É você!

E era. A foto de Edmílson fazendo espetinho, abanando a fumaça com aquele boné de marinheiro.

Aconteceu muito rápido. Eles vieram um de cada lado. Um deles deu um encontrão no homem-lua. O outro, em um segundo, agarrou a máquina de fotografar.

Edmílson disse para o homem tomar conta de seus queijos e correu atrás. Ele sabia quem eram os dois. Bilau e Zé Pedro eram daqueles amigos de Edivan com quem a mãe tinha sempre implicado. Quem estava com a máquina era Bilau, e era ele que Edmílson perseguia.

Conseguiu que o rapaz fosse para o lado do mar e ficasse entre ele e as ondas. Bilau não ia querer que a máquina se molhasse. Tinha a mão bem levantada para que Edmílson não a alcançasse.

O menino viu que já estavam bem perto um do outro. Pulou para segurar o braço de Bilau. Então, sentiu um golpe nas costas. Zé Pedro tinha vindo ajudar o colega. Derrubou Edmílson. Bilau, antes de fugir, ainda o chutou, aproveitando-se de que estava caído.

— Não se meta com a gente, pirralho! — Zé Pedro disse, apontando-lhe o dedo.

Pessoas gritavam na praia. Mas os dois desapareceram, levando o que tinham roubado.

Alguém deu a mão para Edmílson se levantar. Molhado, sujo de areia, ele se sentia frustrado e enraivecido.

Bufando, pois carregava além da tralha de Edmílson suas próprias coisas, o homem de boné vermelho chegou, preocupado:

— Você se machucou, menino?

— Quase nada — ele respondeu, mas as costas e o peito acusavam os efeitos do murro e do chute.

— Está vermelho, vai ficar roxo — o homem observou as marcas na pele do menino.

— Vem comigo, moço — já saiu andando na frente do homem.

Nem viu que o outro, vindo atrás, parecia um jegue levando carga dos dois lados.

— O que você vai fazer? — o boné vermelho conseguiu perguntar.

— Buscar sua máquina, moço.

Deixaram a praia. O peito e as costas ardiam. Edmílson tinha lágrimas nos olhos, mas não ia deixar que elas descessem. Tomou o caminho de casa, ainda sem olhar para trás. Sabia que era acompanhado.

Edivan estava sentado na calçada, do lado de fora da casa. Pareceu assustado com a chegada repentina do irmão e daquele turista com jeitão de ambulante.

Edmílson exigiu do irmão, exaltado, o aparelho do amigo de volta. Edivan não estava gostando que o irmão gritasse.

— Que berreiro é esse? — a voz de dona Eulina veio lá de dentro.

Edivan se decidiu de uma vez. Disse que ia buscar a máquina. O homem e Edmílson foram com ele.

Quando dona Eulina chegou à janela, já era tarde para entender o que se passava.

Quando voltou para casa, Edmílson trouxe consigo sua mercadoria. O turista tinha ido para o hotel com seu aparelho de volta.

Edivan, que havia convencido Bilau, pois foram direto à casa dele, a devolver o furto, não gostou quando o irmão se recusou a aceitar o dinheiro do homem-lua.

— Não acredito como alguém pode ser tão otário! — falou, com raiva.

Edmílson naquela hora não pensava em recompensa nem em agradecimento por parte de seu amigo. Também não seria uma esmola, como o menino da cocada poderia imaginar. Ele não queria, sobretudo, que Edivan tocasse no dinheiro. Tinha vergonha de seu irmão andar com aqueles ladrões.

Na verdade, o tempo todo tinha ficado pensando que o Edivan poderia estar no lugar de Bilau ou Zé Pedro.

— Pois eu não entendo, Edivan, o que você viu nessa vida... — disse sem raiva. Sua voz era de decepção, de desencanto.

— E você acha graça na sua vida? Andando debaixo de sol, suando feito burro, carregando carvão e bambu pra cima e pra baixo?

O pai tinha acabado de chegar. Ao contrário da mãe, entretida na cozinha, ouviu o que os filhos falavam.

Chamou Edmílson. Examinou as marcas no corpo do menino.

— Vocês dois vão explicar o que foi isso!

— A culpa não foi minha! — Edivan foi logo se defendendo.

Mas o pai quis saber tudo. Puxou Edmílson para perto dele. A mão no ombro significava que entendia o filho. Olhou nos olhos de Edivan assim que entendeu a história.

— Amanhã de manhã, você vem comigo — falou para o mais velho.

No dia seguinte, Edivan foi com o pai para o estaleiro. Só voltariam no fim da tarde. Finalmente Edivaldo fez o que Eulina há algum tempo lhe implorava. Perdeu a timidez e pediu ao patrão uma vaga de aprendiz para o filho.

À noite, os três homens rezaram junto com dona Eulina diante da imagem negra da Virgem de Aparecida. Mais que as costas, o peito de Edmílson ainda doía.

26

Com tudo o que aconteceu, ele nem teve tempo de imaginar uma explicação para os colegas sobre o retorno de Edivan. Pois, para a sala inteira, o irmão dele ainda era o marinheiro que embarcou em Santos. Mas o Toinho tinha visto e reconhecido o rapaz voltando do estaleiro com seu Edivaldo.

— Que história é essa que você inventou, Edmílson? Seu irmão não estava na Marinha? — o declamador perguntou, na frente de todo mundo, enquanto dona Givalda ainda estava fora da sala.

Ronivaldo já estava sabendo. Tinha conversado antes com o Toinho. E anunciou para todos:

— Que marinheiro, que nada! Ele está trabalhando por aqui mesmo, junto com o pai dele.

Edmílson sentiu aquele calorão no rosto. Não conseguiu dizer nada. Ainda bem que ninguém sabia por onde o irmão tinha andado de verdade.

A sorte é que a dona Givalda entrou, já fazendo "psiu". Ele teria tempo de pensar numa história qualquer para contar no intervalo. Enquanto abria o caderno, sua cabeça tomava o rumo do mar. Dentro

dela, desenhava navios chegando. O irmão desembarcava. Enjoado da vida no barco. Ah, o estômago dele não aguentou o solavanco das ondas...
  Mas não, assim fazia muito pouco do irmão. Se bem que Edivan não merecia mais ser herói. Passou a imaginar um navio a pique, o irmão nadando até a praia para se salvar.
  — Ê, Edmílson, acorda aí!
  Sentiu o cutucão de Inezília. Dona Givalda tinha mandado que ele lesse a lição. Mas o livro, ao lado, permanecia fechado.
  — Deixa eu ler! — a Elizete pediu.
  A professora deixou, enquanto Inezília mostrava a Edmílson, no próprio livro, a página que deveria estar aberta.
  Edmílson abriu também um pedacinho de sorriso para a colega. Dali a pouco era a vez dele. Continuou a leitura do ponto em que Elizete parou. E, assim, se esqueceu das aventuras de um marinheiro que nunca existiu.
  No intervalo, entretanto, logo a Inezília foi se lembrar daquele assunto:
  — Então seu irmão desistiu de conhecer o mundo?
  Edmílson sentiu que ia engasgar.
  — Ele bem que quis... — acabou dizendo. A colega o olhava, curiosa. — Mas errou o caminho... — foi o que conseguiu falar.
  — E aí voltou para casa? — ela perguntou.
  Edmílson percebeu que não tinha propriamente mentido.

— Pois foi.

Ele tinha uma expressão muito triste. De certa forma, contagiou a menina.

— Que pena... — ela comentou. E depois de um longo instante calada: — O mundo deve ser muito interessante.

Edmílson não disse nada. Estava muito confuso.

— Tem gente que não dá conta. Coitado do seu irmão! — ela acrescentou.

27

— Vou mandar um postal para você, Edmílson.

O homem-lua, ao se despedir, não o chamava mais de menino. Já tinha até seu endereço.

— E vê se me responde, heim? — o homem sorriu.

Edmílson sorriu de volta, estendendo-lhe a mão, do jeito formal que tinha aprendido com Nádia. E não chamou o outro de moço:

— Está bem, seu César.

César, ainda com o boné vermelho, puxou o menino para mais perto e o abraçou.

— Ufa! — disse Edmílson, assim que pôde respirar.

— Muito obrigado, rapaz! Sempre que usar a máquina, vou me lembrar de você.

Edmílson acenou para o amigo que se retirava. Sem perceber, murmurou um "das vidânia". O peito, a pele ainda roxa, parecia mais apertado. Mas iria esperar pelo postal. E iria responder e provocar outra resposta. Ter um amigo longe, mas em contato, era um começo, um primeiro passo para conhecer melhor o mundo.

Era domingo, a praia cheia. Os turistas eram minoria. Mas os espetos de Edmílson iam acabando. César, o homem do boné vermelho, sempre lhe trouxe sorte. Desde o primeiro dia. Sentia-se mais importante por ter sido chamado de rapaz. Deixar de ser menino, infelizmente, doía no peito ou nas costas. Mas a vida tinha mudado. Tinha certeza de que, em casa, ninguém mais inventaria histórias para que ele não pudesse enfrentar a verdade.

Olhava os barcos ao longe. Já não sabia se queria se tornar um marinheiro. Até considerou se não bastaria a vida de pescador. Mas os pescadores nunca iam muito longe. Bobagem brigar com a mãe por aquele futuro.

Viu, então, que acenavam e gritavam para ele. O coração disparou. Achou que era Nádia. Mas era uma menina morena, e ela sabia seu nome.

Foi ficando mais próxima e tomando o contorno de Inezília. Achou que ela quisesse um queijo. Mas a colega disse não ter dinheiro.

— Vou fazer um para você assim mesmo — ele se ofereceu.

Inezília se ajoelhou ao seu lado na areia, vendo-o trabalhar.

— Sabe o que pensei para minha vida? — ela perguntou.

— O que foi?

— Assim que eu puder, vou trabalhar com os turistas.

Edmílson achou uma boa ideia. Guia de turistas, por que não?

Um avião surgiu no céu. Aviões, depois de Nádia, sempre deixavam o rapaz alvoroçado.

— E aeromoça, Inezília? Nunca pensou em ser aeromoça?

O queijo estava pronto, salpicado de orégano. Mas a menina parecia não enxergá-lo. Olhava ansiosa para o céu, tentando fazer com que o avião não sumisse.

— Edmílson, você é o rapaz mais inteligente do mundo! Como não pensei nisso? — finalmente se decidiu a receber seu presente.

O olhar de Edmílson passeava do mar ao céu, dos barcos à aeronave. Pensou que havia muitos meios para conhecer o mundo. Marinheiro, piloto. Com chapéu, sem chapéu, mas parte de alguma tripulação. Um dia, claro, iria trocar sua bermuda por um uniforme. Vestir um uniforme era só um jeito para fazer da vida uma aventura.

Olhou para Inezília. Ela e ele entendiam como dirigir seus sonhos.

Edmílson é como muitos meninos que surgem no verão pelo litoral do Brasil. Caminham pela praia, pequenos ambulantes, oferecendo sua mercadoria aos turistas. Cada um desses garotos certamente tem um sonho, já que é próprio dos jovens imaginar um futuro diferente quando o presente apresenta apertos e percalços. Às vezes esse futuro é logo amanhã. Pode significar simplesmente a compra de uma mochila. Ou pode ser bem mais tarde, traduzido por uma profissão, uma vida nova.

Olhando o mar à sua frente, Edmílson imagina o que existe do outro lado. As terras do outro lado são os lugares de onde vêm muitos dos turistas. Por que não conhecê-las um dia, se o mundo parece tão fascinante?

Navios atravessando o mar lembram ao menino o trabalho dos marinheiros. É aí que sua imaginação começa a misturar as histórias: sua vida, depois que crescer, e o mistério da ausência do irmão mais velho. Mas a imaginação sempre vai além da realidade.

No entanto, Edmílson, mesmo decepcionado com acontecimentos que o pegam desprevenido, tem alegria e disposição para insistir no bom humor e na esperança.

Lino de Albergaria

Sobre o ilustrador

Rogério Coelho atua como ilustrador desde 1997, ilustrando para revistas como *Recreio*, *Ciência hoje das crianças* e *Nova escola*, bem como livros de literatura e didáticos, tendo recebido, em 2005, uma menção honrosa no 13º Salão Internacional de Desenho para Imprensa de Porto Alegre.

Para ele, ilustrar *O menino e o mar* foi uma ótima experiência: "Procurei destacar o choque da dura realidade da vida de Edmílson, infelizmente comum a tantas crianças, com a beleza de seus sonhos e aspirações".

Mora em Curitiba com a família: sua esposa Regina e seus dois filhos, Gabriel e Pedro.